ACADÉMIE FRANÇAISE.

PRIX EXTRAORDINAIRE

DE POÉSIE.

———

24 août 1822.

IMPRIMERIE DE HUZARD-COURCIER.

LE DÉOVUEMENT

DES MÉDECINS FRANÇAIS

ET DES SŒURS DE SAINTE-CAMILLE,

DANS LA PESTE DE BARCELONE.

PAR Mlle DELPHINE GAY.

PIÈCE MENTIONNÉE DANS LA SÉANCE DE L'ACADÉMIE
FRANÇAISE DU 24 AOUT 1822.

« O courage touchant ! ces tendres bienfaitrices,
» Dans un séjour infect où sont tous les supplices,
» De mille êtres souffrans prévenant les besoins,
» Surmontent les dégoûts des plus pénibles soins. »

LEGOUVÉ, *Mérite des femmes.*

DEUXIÈME ÉDITION.

PARIS,

AMBROISE TARDIEU, ÉDITEUR,

RUE DU BATTOIR-SAINT-ANDRÉ-DES-ARCS, Nº 12.

1822.

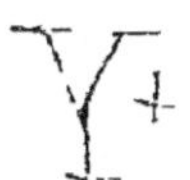

INSTITUT ROYAL DE FRANCE,

ACADÉMIE FRANÇAISE.

Extrait du Rapport sur le Concours de Poésie et d'Eloquence de l'année 1822, lu dans la séance publique du 24 août 1822, par M. le Secrétaire perpétuel de l'Académie française.

Si l'Auteur du n° 103, en ne traitant qu'une partie du sujet, n'avait donné pour excuse et son sexe et son jeune âge, l'Académie, à la perfection et au charme de plusieurs passages, aurait pu croire que la pièce était l'ouvrage d'un talent exercé dans les secrets du style et de la poésie ; mais la simplicité touchante de divers tableaux, la délicatesse, je dirai même, la retenue des pensées et des expressions, auraient permis d'attribuer l'ouvrage à une personne de ce sexe qui sait si bien exprimer tout ce qui tient à la grâce et au sentiment. En se restreignant à l'éloge des Sœurs de Sainte-Camille, l'Auteur se plaçait en quelque sorte hors du concours, et dès-lors l'Académie, qui a jugé l'ouvrage digne d'une mention honorable, a cru juste de lui assigner un rang distinct et séparé de celui des autres mentions.

LE DÉVOUEMENT

DES MÉDECINS FRANÇAIS

ET DES SŒURS DE SAINTE-CAMILLE,

DANS LA PESTE DE BARCELONE.

———

Bienheureux Séraphins, vous, habitans des Cieux,
Suspendez un moment vos chants délicieux ;
Baissez vos yeux divins sur la terre d'alarmes,
Que l'attendrissement les remplisse de larmes.
Contemplez ces mortels, ils sont dignes de vous ;
De leur beau dévouement, Martyrs, soyez jaloux !
Et toi, Reine du Ciel, vierge mystérieuse,
Prépare pour tes sœurs la palme glorieuse,
Et les robes d'azur, et le bandeau de feu
Qui ceint le chaste front des épouses de Dieu !
Mais, pour les célébrer, dis-moi, m'as-tu choisie ?
Vierge, m'enverras-tu l'Ange de poésie ?
Viendra-t-il de son souffle inspirer mon sommeil,
Et me dictera-t-il des vers à mon réveil ?

Non, pour un tel sujet je suis trop jeune encore ;
Il faut, pour vous chanter, une voix plus sonore ,

(8)

Hippocrates français ! (1) ô mortels généreux !
Plus grands que les martyrs, vous êtes moins heureux :
Aux yeux de l'univers, ils marchaient au supplice,
De leur sublime effort la gloire était complice ;
Mais vous, sous l'humble toit prodiguant vos secours,
Sans faste à l'indigent vous immolez vos jours.
Quel exemple frappant dans le siècle où nous sommes !
Ils mouraient pour un Dieu, vous mourez pour des hommes ;
Et vous n'avez pour prix d'un si beau dévouement
Que nos éloges vains, nos regrets d'un moment.
A l'implacable mort arrachant sa victime,
Pacifiques héros, vous triomphez sans crime !
Ces modestes vertus qui vous ouvrent les Cieux,
Des femmes sont aussi les trésors précieux :
Nous avons avec vous des destins sympathiques :
On dit (2) que nous savons des paroles magiques
Qui, telles que vos soins, endorment les douleurs.
Pourquoi la douce voix qui sait tarir les pleurs
Ne peut-elle entonner les hymnes à la gloire ?
De vos nobles vertus je redirais l'histoire ;
Mais j'en laisse l'honneur à ces talens divers,
Qui, parant leurs récits du charme des beaux vers,
Des sept frères martyrs nous ont peint la torture,
Et du grand Régulus la sublime imposture.
C'est aux chantres promis à la postérité

---

(1) MM. Audouard, Bally, François, Jouarry, Mazet et Pariset.

(2) M. de Châteaubriand, *Génie du Christianisme.*

A vanter ce héros, mort pour l'humanité,
Ce vertueux Mazet, de qui l'ombre chérie
Verra long-temps pleurer sa mère et sa patrie :
Qu'ils disent son courage, au malheur enlevé,
Pour de plus humbles faits mon luth est réservé :
Les soins compatissans, le zèle inimitable,
La tendre piété d'une âme charitable ;
Je vais les célébrer, ou plutôt les trahir,
Car louer la vertu, c'est lui désobéir.

Au récit du désastre, à leur devoir propice,
Deux femmes en priant ont quitté leur hospice :
D'un ordre révéré ce sont deux pauvres sœurs,
Qui, de la charité pratiquant les douceurs,
Renoncent à vingt ans au bonheur d'être aimées,
Et du nom le plus doux ne sont jamais nommées.
Telles que ces guerriers, d'un cilice couverts,
Qui, pour voir un tombeau, traversaient les déserts,
Le monstre au souffle impur ne saurait les abattre,
Armés du crucifix, leurs bras vont le combattre ;
Et, soit que le soleil embrase un ciel d'azur,
Soit que sur les chemins s'étende un voile obscur,
Rien n'arrête leurs pas ; gravissant les montagnes,
Traversant les forêts, les fleuves, les campagnes,
Au-devant du fléau toutes deux ont marché ;
Comme on fuit le péril, ces femmes l'ont cherché.

Mais Dieu, qui présidait à leur pieux voyage,
Veut une fois encore éprouver leur courage :
Réveillant dans leur cœur un souvenir trop cher,

Il dirige leurs pas vers les rives du Cher (1) :
La plus jeune des deux y reçut la naissance.
Des vallons paternels ô divine puissance !
Voilà que, tout à coup à l'aspect de ces lieux,
Des pleurs en abondance ont coulé de ses yeux :
C'est que, dans la prairie, à travers le feuillage,
La sœur a reconnu le clocher du village,
De ce village aimé, qui vit ses premiers jeux,
Qui contemple aujourd'hui ses efforts courageux.
Elle s'est arrêtée au bas de la montagne :
Alors, par un regard, sa sévère compagne
Interroge ses pleurs, et craint de deviner
Le sentiment secret qui la vient dominer.
Mais l'autre dit : « Vois-tu cet arbre solitaire,
» Dont les rameaux fleuris, s'inclinant vers la terre,
» Ombragent le sentier qui se perd dans les bois ?
» C'est là, ma sœur, c'est là pour la dernière fois
» Que j'embrassai mon père, il partait pour l'armée,
» Il quittait à jamais sa fille bien-aimée,
» Et son cœur, déchiré par ce cruel adieu,
» Confia ma jeunesse à la bonté de Dieu.
» Je restai seule et triste. Hélas ! depuis cette heure
» Il n'est point revenu dans sa pauvre demeure ;
» Chez l'ennemi sans doute il a trouvé la mort :
» Ou, prêt à succomber à son malheureux sort,
» Peut-être, dans les fers et loin de sa famille,
» Sur un lit de douleur il appelle sa fille,

---

(1) La sœur Saint-Vincent est née à Saint-Amand.

» Et je ne suis pas là pour lui servir d'appui,
» Pour soulager ses maux, ou mourir avec lui !
» A des indifférens j'ai consacré ma vie,
» Mon père, et de mes soins la douceur t'est ravie !....
» Hélas ! pour le pleurer, accorde-moi ce jour,
» Car, ma sœur, ce voyage, il sera sans retour.
» Avant de me soumettre au sort qui nous menace,
» Avant que de ces lieux le souvenir s'efface,
» Ah ! du moins laisse-moi par un dernier regard.....
» Mais non... chez les mourans j'arriverais trop tard.
» Dans un autre pays, la douleur nous réclame,
» D'un coupable désir viens distraire mon âme,
» Cache-moi ce vallon, cet arbre, ce clocher,
» Et du hameau natal, ma sœur, viens m'arracher. »

Sa compagne, à ces mots, dans la forêt l'emmène.
Bientôt les habitans de la riche Aquitaine
Les ont vues cheminer avec recueillement ;
Le Tarn a réfléchi leur simple vêtement ;
Leurs pas ont réveillé l'écho des Pyrénées ;
Vers Barcelone en deuil elles sont entraînées.
« Ces murs tant désirés, dit la sœur, les voilà :
» Regarde sur la tour ce drapeau noir : c'est là !....
» Dans ce nouvel hospice entrons sans plus attendre. »
Mais au pied des remparts quels cris se font entendre ?
« Femmes, fuyez ! fuyez ! femmes, où courez-vous ?
» Nous toucher, c'est mourir, n'approchez pas de nous !»
Mais la sœur, qui d'abord sourit à leur méprise,
Leur dit sa mission. Alors, dans sa surprise,
Le peuple se prosterne, et croit tomber aux pieds

De deux Anges sauveurs par le Ciel envoyés.
Bientôt les vieux gardiens, d'un pas lent et débile,
Introduisent les sœurs dans la mourante ville.

Quel spectacle ! à leurs yeux s'offrent de toutes parts
Des spectres, des lambeaux sur les chemins épars ;
Des mourans arrachés de leurs couches sanglantes,
Traînant leurs corps meurtris sur les dalles brûlantes ;
Des cadavres infects, dans un sang noir baignés,
Et que l'impur corbeau lui-même a dédaignés.
Ici, le matelot qu'a respecté l'orage
Expire en regrettant les horreurs du naufrage ;
Là, sont des malheureux courbés devant l'autel ,
Qui souillent leur encens de leur venin mortel :
C'en est fait, et déjà leur vie est moissonnée ,
Mais ils tiennent encor l'offrande empoisonnée ;
Et l'encens, de leurs mains tout prêt à s'échapper ,
Fume encor pour le Dieu qui vient de les frapper.
Voyez sur les parvis cette mère éplorée,
Tremblante , elle rassure une fille adorée,
Et d'une mort moins lente implore la faveur :
Et cet enfant si jeune, il prie avec ferveur ;
L'effroi fait à l'enfant deviner la prière !
Et cet autre orphelin , qui franchit la barrière :
Des soldats, plus cruels encor que le fléau ,
Le repoussent vivant dans l'immense tombeau :
Aux pleurs de l'orphelin leur cœur est insensible ,
Rien ne peut désarmer leur prudence inflexible.
Dans ces temps de désastre il n'est plus de pitié ;
Entre les vieux amis il n'est plus d'amitié :

Aux soins de l'étranger le fils livre son père,
Et la nouvelle épouse a frémi d'être mère !

Dieu ! quel est-il l'emploi de ce prêtre inhumain,
Qui tient la croix d'ébène en sa tremblante main ?
Dans son char tout sanglant qu'est-ce donc qu'il emporte ?
Eh ! ne voyez-vous pas qu'il va de porte en porte
Recueillir un cadavre étendu sur le seuil,
Et qu'il jette en passant dans le commun cercueil ?
Lui-même triomphant d'une terreur secrette,
Entassa tous ces morts dans l'affreuse charrette.
Tel un jour on a vu.... Mais pourquoi réunir
A l'horreur du présent l'horreur du souvenir ?
De nos aïeux vengés n'éveillons point les ombres,
Qu'ils reposent en paix dans leurs retraites sombres ;
Oublions des Français le supplice et l'erreur,
Et ces momens flétris du nom de la terreur.
Salut ! des Catalans bienfaiteurs magnanimes,
Vos pieuses vertus ont racheté nos crimes !

Hélas ! pour éclairer cet effrayant tombeau,
Jamais l'astre du jour ne s'est montré plus beau.
Barbare, il étalait sur la ville punie
De son éclat joyeux la cruelle ironie !
Quelle paix dans les champs ! quel désert dans le port !
On croirait visiter l'empire de la mort.
Immobile comme elle, en cette affreuse enceinte,
Le désespoir muet a remplacé la plainte :
On n'entend même plus la cloche du trépas,
Pour tinter tant de morts elle ne suffit pas.

Quel silence ! Jamais la malheureuse ville
Au temps de sa grandeur n'a paru plus tranquille !
Et cependant les sœurs, dans ce triste séjour,
A travers les mourans savaient se faire jour :
Rien ne ralentissait leur zèle infatigable.
Vainement le fléau tour à tour les accable ;
Vainement du frisson leur bras faible agité
Fait trembler le breuvage au malade apporté.
D'adoucir quelques maux la secrète espérance
Suffit pour triompher de leur propre souffrance :
C'est aux plus menacés, c'est aux plus indigens,
Que s'adressent leurs vœux et leurs soins diligens.
De la plus jeune sœur le courage novice
Demande à s'éprouver par un grand sacrifice :
L'infortuné qui meurt au printemps de ses jours
Pour elle a moins de droits à ses pieux secours :
Qui sait, près d'un objet de tendresse et d'alarmes,
Si la seule pitié ferait couler ses larmes ?
Ah ! c'est à la vieillesse, à ce mal sans espoir
Que l'enchaîne surtout un austère devoir.
Aussi, fidèle aux lois que sa vertu s'impose,
Dans ces lits alignés, où la douleur repose,
Elle voit un vieillard, et, vers lui s'avançant,
Elle offre à sa souffrance un baume adoucissant ;
Mais le vieillard qui touche à son heure dernière
Ne peut plus soulever sa mourante paupière :
Il n'entend pas la voix qui vient le consoler,
De sa bouche aucun son ne peut plus s'exhaler ;
Du poison tout son corps atteste le ravage.
Faudra-t-il remporter l'inutile breuvage ?

Les lèvres du vieillard ne peuvent plus s'ouvrir;
Déjà le drap de mort est prêt à le couvrir :
« Arrêtez, dit la sœur, peut-être il vit encore,
» Espérons tout du Ciel que ma douleur implore!»
Et, ne prenant conseil que de ses vœux ardens,
Du mourant avec force elle entr'ouvre les dents ;
Fait couler dans son sein la liqueur salutaire,
Et bientôt sous ses doigts sent revivre l'artère.
Le vieillard se ranime. O moment fortuné!
Il jette sur la sœur un regard étonné;
Il contemple ses traits où l'espérance brille,
Croit renaître au Ciel même, et s'écrie : « O ma fille! »

Le Seigneur l'a bénie, et ce vieillard mourant.
C'est un père adoré que sa faveur lui rend.
Qui dira les bienfaits nés de ce jour prospère,
Les transports de la fille en retrouvant son père,
Et ceux du vieux soldat, si long-temps détenu,
Après tant de revers au bonheur revenu?
Mais leurs vœux, exaucés par un Dieu tutélaire,
Ont du fléau vengeur apaisé la colère :
Le démon de la mort fuit dans son antre obscur;
Le calme reparaît, l'air redevient plus pur;
Au bonheur de revivre un peuple s'abandonne:
Pour les sœurs, c'est l'instant de quitter Barcelonne;
La santé qui renaît rend leurs soins superflus.
Peuvent-elles rester où le danger n'est plus?
Non, dans nos hôpitaux règne encor la souffrance,
Et de plus chers devoirs les rappellent en France.
La même piété les rendit tour à tour

Sublimes au départ, modestes au retour ;
Et tandis que d'un Roi la puissance suprême
Pour les récompenser devançait le Ciel même,
Tandis que par ce Roi leur éloge dicté
Allait vouer leurs noms à l'immortalité,
Le rosaire à la main, l'œil baissé vers la terre,
On les vit en priant rentrer au monastère.
C'est-là que, chaque jour, ces charitables sœurs
D'un saint recueillement savourant les douceurs,
Et de tous leurs bienfaits écartant la mémoire,
Vont demander à Dieu le pardon de leur gloire.

FIN.